瓦西里金，到黑板前面来！

〔俄罗斯〕维多利亚·莱德曼　著

郭利　译

〔俄罗斯〕奥尔加·格罗莫娃　绘

浙江文艺出版社
Zhejiang Literature & Art Publishing House

三年级 A 班学生
季马·瓦西里金的
校园故事

特别说明
俄罗斯人的姓名

俄罗斯人名由三个部分组成，即名字、父称和姓。例如，我们大家熟悉的音乐家柴可夫斯基，他的全名就是彼得·伊里奇·柴可夫斯基，彼得是音乐家的名字；伊里奇是父称，由音乐家父亲的名字伊利亚变化而来；柴可夫斯基是姓。

名字分为全名、小名和昵称。全名一般用在比较正式和严肃的场合。小名分为一级小名和二级小名。一级小名用于长幼之间、夫妻之间、亲朋好友同学之间，二级小名表爱色彩更浓厚，可以称呼孩子，也适用于老友之间、夫妻恋人之间。昵称是朋友间随意的称呼，多用于年轻人或孩童之间。

本书故事发生在学校。学校老师习惯称呼学生的姓，例如，老师称呼主人公为"瓦西里金"。而学生对老师的称呼，是名字加父称，以示尊敬，例如，书中的俄语老师是斯维特兰娜·阿列克谢耶夫娜。同学之间通常以小名互相称呼，例如主人公称呼自己的好朋友为"科斯基克"。

人名连连看

　　请在阅读的时候注意书中人物的姓名，把下面同一个人的姓名连在一起。

奥尔佳	瓦西里金
科斯季克	库兹涅佐夫
伊利亚	博伊科
季马	维克多罗夫娜
尼基塔	茨维塔科娃
阿琳娜	麦伊斯林
铁木尔	瓦列耶夫
克秀莎	科奇金
亚历克	索特尼科娃

（答案见书后"本书主要人物"表）

目录

1

失踪的书包

"妈妈！爸爸！"一开学，我就叫嚷，"你们知道吗，我已经不是一年级学生啦，也不是二年级学生，你们再也用不着送我去上学了。"

"现在我工作得两班倒，要么一大早去上班，要么到了傍晚才去。"妈妈说，"有时天蒙蒙亮就要走，也不能送你上学了。"

"我也很早要去上班，"爸爸说，"我离开家的时候，你还在梦乡里呢。"

"很好！"我说，"从今天开始，我自己走路去上学。"

"嗯，不知道这样行不行。"妈妈满脑袋问号，"你认得去学校的路吗？"

"妈妈！我当然认得！我走路上学已经两年啦。"

"季马，你老是心不在焉的，说不定突然走神，不知不觉从学校门口走过去了呢？也许走着走着，会拐到另一条路上去！"

"不会，我绝不会拐到其他地方去，也不会走神。"

"那如果在路上掉东西了呢？比如家里的钥匙，要换的鞋子，甚至课本……"

"妈妈！我怎么可能弄丢课本？它们都放在书包里！"我抗议道。

"你也可能弄丢书包。"妈妈叹了口气。

"你准备一直牵着他的手到高中毕业吗？他已经九岁了。"爸爸出面维护我，"让他习惯独立吧。"

"我总感觉怕怕的。"妈妈说。

"没啥可怕的，"我安慰她，"看着吧，没问题的。"

于是，从那天起，我开始独自上学。一切有条不紊——几乎是这样。只是发生了一些小插曲。有几次，我把练习册、绘画本、日记和笔盒忘在家里了，有两次把鞋袋忘在家里了。有一次，我走过了学校，但很快清醒过来，赶紧往回跑，跑回学校的时候居然没有迟到。妈妈当然知道所有细节。她看到我自己去上学很顺利，乐呵呵的。

一切正常，直到有一次我的书包失踪了。

那天第一堂课，我们去礼堂听消防安全讲座。第二堂课，我们在户外上体育课。第三堂课，我才发现自己没有书包，急得左顾右盼寻找起来。

"瓦西里金，坐直。还要转来转去转多

久？"老师斯维特兰娜·阿列克谢耶夫娜说。

我一蹦三尺高。

"斯维特兰娜·阿列克谢耶夫娜！我的书包不知跑哪儿去了。"

"还真是新闻！它能跑哪儿去呀？"

"不知道！"

"你带到教室没有？"

"当然带来了……也许吧。"

"也许，还是真的带来了？"

我努力回想。对啊，我把书包带到了教室，像往常一样随手扔在凳子旁。每天如此。我东张西望，到处寻找，书包却无影无踪。

"带来了，我记得很清楚。"

"那它在哪儿？也许，它长了腿，跑到饭堂了。"

大家哈哈大笑，七嘴八舌说起来：

"它饿坏了！"

"上完两节课后它就变瘦了！"

"别担心，瓦西里金！它吃完饭就回来！"

斯维特兰娜·阿列克谢耶夫娜让全班同学看一下自己的凳子周围，但哪里都没有我的书包。

"可以去一趟运动大厅的更衣室吗？也许忘在那里了。"我问。

"你说过带到教室了！——瞧，也许带来了……也许，没有。"

斯维特兰娜·阿列克谢耶夫娜放我离开，我赶紧跑去运动大厅，发现更衣室大门紧锁。我又立即冲往教师办公室，体育老师却在户外给四年级同学上课。

我马不停蹄地跑到户外，在学校后面的运动场找到老师，拿到更衣室的钥匙，又气喘吁吁地冲回运动大厅……可是一切都是白忙活，书包仍然没有找到。

"哪里也没有。"我垂头丧气地回到了教室。

斯维特兰娜·阿列克谢耶夫娜正在黑板上写着什么，她停了下来。

"同学们，会不会有谁见到过瓦西里金的书包？"她问大家，"也许，有谁想开个玩笑，把书包藏起来了。"

大家面面相觑，摇摇头。"这玩笑不好，"斯维特兰娜·阿列克谢耶夫娜严肃地说，"你们的同学已经一整节课没上了，没有课本，没有练习册，他怎么学习啊？谁藏了书包，要勇敢承认。"

但没有谁出来承认。在第四节课和第五节课上，我用别人的笔在别人的纸上写字，看的也是别人的课本。

放学后，我拿着装了运动服的袋子，走回家去。我一边走，一边想如何跟妈妈解释书包失踪的事情。她一定会说：瞧，我就知道！如果不能看好自己的东西，你算什么大人啊？你还得像小孩子一样,让大人牵着手。

独立还太早了。

　　我用钥匙打开门，惊讶得呆在了门边。

　　我看见了自己的书包。它乖乖地躺在地上，倚着小鞋柜。今天早上，正是在那儿，我把书包弄丢了。

讨厌的生日

我的同桌丽莎·科马洛娃来到学校,打扮得漂漂亮亮的,系着白色的蝴蝶结。

"你今天怎么打扮得这么好看?"我问道。

"我今天生日啊。"她说。

这时,音乐老师奥尔佳·维克多罗夫娜走进教室,开始上课了。我们把新歌词抄写在练习册上,看着歌词练习唱歌。

我不时望望丽莎,有点可怜她。她身着节日盛装,美丽动人,却愁容满面。怎么可能不忧愁呢?自己过生日,却无人庆祝。同学们一如既往地在学习,好像没有任何特别的事发生,谁也没有过生日。

因为谁也不知道丽莎的生日——全班同

学都不知道，奥尔佳·维克多罗夫娜也不知道。她又怎么会知道呢？每周就上一节课，她甚至会叫错我们的姓。至今她都不叫我瓦西里金，而是叫我瓦西里奇。也许斯维特兰娜·阿列克谢耶夫娜知道丽莎的生日，但她不在。

我看准时机，从书包里拿出妈妈给我准备的大大的红苹果，伸手递给丽莎。

"快，拿着！生日快乐！"

丽莎开心坏了，小脸蛋都红了。当然，让她开心的不是苹果。她又不是没有见过苹果。她开心，是因为有人祝她生日快乐。

班里谁也不记得你的生日，这种委屈我很清楚。我的生日总是在假期，同班同学从不祝我生日快乐。只有科斯季克一个人记得，他是我的朋友，我们不仅在学校见面，在外面也经常一起玩。

"谢谢！"丽莎低声说，露出欣喜的神色。我也高兴起来，好像我不是送出礼物，而是收到了礼物。

第二节是俄语课。我们来到教室，斯维特兰娜·阿列克谢耶夫娜宣布丽莎·科马洛娃今天过十岁生日。我们异口同声地祝她生日快乐。丽莎一排排地走过来，给每人一块巧克力。

"科马洛娃，我本来想向你提问，"斯维特兰娜·阿列克谢耶夫娜说，"但既然你是小寿星，就不破坏你的节日啦。瓦西里金，到黑板前面来！帮帮自己的同桌。"

我可没有想到这一出。我还没记清语法规则，压根儿没有想到今天会到黑板前面回答问题。上节课已经提问过我了，斯维特兰娜·阿列克谢耶夫娜从来没有连续两节课叫同一个学生到黑板前面去，因此我放心大胆地没有做准备。我可没有料到，因为丽莎过生日，我就得帮她回答！

"很糟糕，瓦西里金，"我回答的时候，斯维特兰娜·阿列克谢耶夫娜说，"勉勉强强3分①。应该好好准备。库兹涅佐夫，到黑板前面来！"

我回到座位，不满地瞥了丽莎一眼。她却很幸福地坐在那儿，面带微笑。当然了，有什么理由不笑呢？又不是她得了3分。

下一节课又上演了相似的一幕。不知为何，老师们总认为我应该"拯救"丽莎。阅

---

① 俄罗斯中小学成绩采用5分制：2分不及格，3分及格，4分良好，5分为满分。没有1分或0分。

读课上我替她朗读，数学课上为她解方程。我越来越生气。为何丽莎过生日，我就得受苦？只是因为我坐在她身边？这公平吗？

最后一节是英语课。我松了一口气。我的苦难到头了！斯维特兰娜·阿列克谢耶夫娜走了，英语老师杨娜·伊格列夫娜可不知道丽莎的生日。

我们一个接一个地翻译英语课文。课文很难，我在家就翻译好了——几乎都翻译了，只有几个单词不明白，但我懒得查字典。我很快地估算了一下，哪个句子轮到我翻译，就放下了心：那个句子没有陌生单词，毫无疑问我会把它翻译得无可挑剔。

该丽莎翻译了。丽莎突然说：

"杨娜·伊格列夫娜，我今天过生日！"

"真的吗？"英语老师笑道，"祝你生日

快乐！"

"可以让瓦西里金替我翻译吗？为了庆祝我的生日，他一整天都在帮我回答问题。"

"啊，好的……既然你的同桌是这样的绅士……瓦西里金，继续吧。"

丽莎的厚颜无耻让我惊呆了。我眼睛失神，怎么也找不到该翻译的句子。杨娜·伊格列夫娜走过来，用手指指课文。我的心情更糟糕了。句子里刚好有我没查过的单词。这个句子本该让丽莎翻译，而不是我！

"哎，瓦西里金，你怎么呆住了？朗读句子，翻译成俄语。"杨娜·伊格列夫娜说。

我开始朗读，读到单词 merry-go-round 时，我停了下来。我不知道怎么读这个单词，我们还没有学过。但是不能告诉杨娜·伊格列夫娜，她总是说：如果遇见陌生单词，应该抄写到练习册上，查字典，找到发音和解释，记住它。但是我没有这样做。

我可不知道今天科马洛娃过生日啊！

"瓦西里金！"杨娜·伊格列夫娜开始催我，"你在拖延全班的时间。"

"merry-go-rod，"我磕磕巴巴地读。

"是 round，"英语老师纠正我的发音，"merry-go-round，这是新单词。瓦西里金，你抄写到练习册上了吗？"

"抄了。"我应了一声，喉咙突然感到发干。

"好吧，这个单词怎么翻译？"

我看了看课本，沉默不语。谁知道这个单词怎么翻译啊？这甚至不是一个单词，而是三个单词。三个词组成的单词。为何英语不像大家熟悉的那样？谁也不敢提示我，大

家害怕英语老师，因为她很严厉，所以大家都一声不吭。科斯季克不会害怕，一定会给我提示，但他在另一个班上。

"看得出来，你甚至都没有瞧一眼字典。"杨娜·伊格列夫娜说。

"瞧了。"我没有退缩。不会更糟糕了，反正都是2分。

"那就翻译吧。我们大家都在认真听着呢。"

我胡乱想象起来。嗯，merry一定是名字"梅丽"，go是走路，而round好像是圆圈。我只是不明白，课文讲到两兄弟和爸爸出发去城市公园，为何又出现梅丽和圆圈？但是没有其他出路。唉，到底有没有梅丽呢？

"梅丽在转圈。"我说。

"什么？"英语老师眉毛一挑。

"梅丽在转圈。"我又说了一遍。大家哈

哈大笑，笑声淹没了我的声音。

"瓦西里金，你在胡说什么？"科马洛娃斥责我。杨娜·伊格列夫娜示意大家安静。"哪有什么梅丽？ merry-go-round 是旋转木马的意思，就是旋转木马。"

我对她更加生气了。她既然知道怎么翻译，干吗要让我回答啊？

下课铃响起，杨娜·伊格列夫娜走了，班里同学走过来，拍着我的肩膀说：

"哎，梅丽在那里怎么样了？她会长时间地转圈吗？"

"直到瓦西里金让她停止。"

"快让她停下来，瓦西里金，她已经转晕了。"

"哈哈哈，笑死人啦！"我模仿他们的口气，"你们为什么不及时提示啊？"

"谁愿意替你得2分？"科马洛娃哼道。

"替我？"我喊叫起来，"科马洛娃，我真讨厌你的生日！你也让人厌烦！厌烦透了！！"

我抓起书包，推开所有人，跑向更衣室。

我还会祝班上某个同学生日快乐吗？永远不会！

压力山大

　　我和爸爸在电影院看了一部电影。电影里，一个主人公出卖了自己的朋友，心灵备受煎熬，最后终于承认是自己干的。认错时，他说："好像从肩膀上移走了一座大山！"

　　"爸爸，为什么他要说大山啊？"看完电影后，我问爸爸。

　　"这是一种表达方式，"爸爸说，"当你感觉自己有罪，似乎肩膀上就压着一座大山。"

　　"就像那些大力士举的杠铃吗？我们一起看过那种比赛。"

　　"举重运动员？"

　　"对头。"

　　"嗯，差不多……只不过是另一种重物，

季马。"

"另一种是怎样的？"

"良心受折磨比杠铃的压力更大。"

"哪怕是重达五吨的杠铃？"我不相信。

"对，即使是重五十吨的杠铃也一样。"爸爸笑道。

我想了好几天，怎么也想不明白，良心的折磨怎么会比五十吨的杠铃重。

良心，就是一个单词，没有重量，比空气还轻。而杠铃却能压伤人。看看那些重量级运动员在举起它时，是如何苦不堪言的！有一次我和爸爸去健身房，我踢了一下那里的杠铃，它却纹丝不动。可见，良心和杠铃甚至不能相提并论。

我一直在想这个……然后突然忘得一干二净。

有一次，科斯季克带了一部崭新的闪闪发光的智能手机来学校，得意扬扬地向大家炫耀。所有男孩子都围着他，想让他把手机给我们看一看，摸一摸。

科斯季克很大方，让每个人都握一会儿手机，用手指在屏幕上划动。甚至亚历克·科奇金也可以，他的手可总是脏乎乎的。大家都羡慕科斯季克，这么酷的手机谁都没有。我爸爸的手机都没那么好。

"无论什么事都可以在手机上完成，"骄傲的科斯季克说，"瞧，还有这个小灯在闪耀！现在也看得见，如果在黑暗中，亮得就像聚光灯一样。"

同学们一边传看手机，一边艳羡地吸气。我比其他人拿着手机的时间更久，科斯季克可是我的朋友。

体育课开始了，我们在更衣室换好衣服，跑去运动大厅。我做操，跑步，下蹲，一边还在想着这部酷酷的手机。脑海里全是它。

科斯季克多幸运啊！我的父母永远不可能给我买这个型号的手机。要知道，这种手机很昂贵，也许需要妈妈全部的工资，甚至是妈妈和爸爸加起来全部的工资。

我想，科斯季克一定会和我分享他的手机。我们可以一起在课间休息时玩游戏，或者看动画片。

体育课快结束了，我们一起打排球。科斯季克笨拙地一跳，不小心崴了脚。体育老师抱起他，赶紧送去医务室。大家也尾随而去，都想看看，校医是怎么给科斯季克包扎的。我却顺道拐回更衣室，从科斯季克的书包里抽出手机。还不清楚他得在医务室待多久，他的脚还缠着绷带。他暂时还不能下地走路，而且会疼痛难忍，忧伤又孤独。我把手机给他送过去，他就可以忘记伤痛，玩得不亦乐乎。

谁都没有想到为科斯季克排忧解愁，我却想到了。我是多好的朋友啊！

我兴冲冲地急忙往医务室跑去，不料在楼梯上突然失足，手不由自主甩了出去。

正是那只握住手机的手。

手机跌落到地上。我全身都僵住了，害怕得不能动弹，眼睁睁看着手机在楼梯上翻滚下去。就好像在梦里，有可怕的东西在追赶你，你却不能跑，因为手脚都不听使唤。

我沿着楼梯往下缓缓走近手机，几乎是眯着眼睛。我很担心看见的不是手机，而是一堆凌乱的碎片。好在并没有看到什么碎片，手机令人惊讶地保持着完整，并未破碎。只是屏幕上出现了一道大裂痕，也开不了机。

我感到身体忽冷忽热，肚子也疼痛起来。我抓起手机往回跑，一口气跑到更衣室，手忙脚乱地赶紧把手机塞回科斯季克的书包，让它回到原来的地方，然后在下课铃声中，混入同学中间。谁也没有发现我比他们晚到。

科斯季克这一天没有学习。他妈妈驾车过来，把他带回家了。我不记得怎么熬到下课的。我觉得科斯季克随时会闯进教室，用手指戳着我的脑门，大喊大叫："我知道，是你打碎了我的手机！"

回到家后我就关掉自己的手机，因为害怕科斯季克给我来电话。睡眠也不好，经常全身一哆嗦，吓醒过来。终于挨到清晨，起了一个大早。妈妈觉得奇怪，问我是不是生病了：我什么时候会在周末起那么早啊？

星期天一整天，我和爸爸妈妈都待在购物中心。我们滑冰，逛商店，看电影。科斯季克和他摔碎的手机却总在我眼前晃动，在脑海里挥之不去。

晚上科斯季克还是给我打电话了，打的是家里的电话，家里的电话我没法关。

"季马，你能想到吗，有人打碎了我的手机。"科斯季克说，声音透着忧伤，甚至有点可怜，"也许是在我们上体育课的时候。你有没有看见陌生人进更衣室？"

"没有，科斯季克，我没有看见，"我说着，咳嗽了一声。我害怕得喉咙发紧，肚子又疼痛起来。"也许，是你自己不小心摔的？"

"不，我没有。上课前还好好的，我记得很清楚。然后它一直在我的书包里面，直到回家。可能是班上哪个同学？在我们去找医生的时候？"

"不知道……我和所有同学一起，待在医务室旁边。"

"其实这不是我的智能手机……这是爸爸同事送他的生日礼物。我没得到允许就拿到学校了……还打碎了。你想不到，我受到了什么惩罚！我要被惩罚一个月。现在别说电脑，就是电视也不能看。电话也被没收了。"

我的肚子翻江倒海，更疼了。我不知说什么好，赶紧和科斯季克道别，说妈妈在找我，就放下了听筒。我八点就躺下睡觉了，但睡不着，只能默默躺着，内心饱受煎熬。

如果科斯季克知道是我打碎的，会怎样？怎么能因为我让他受这么严厉的惩罚？他会和我断交吗？可能会。我就不会和如此欺骗我的人交朋友。他爸爸又会如何对我呢？会让我还钱还是买个一模一样的？我的父母呢？如果他们得知我打碎了那么贵重的智能手机，他们会说什么？

不，不行，不能让他们知道，绝对不行。

整整三天，我如坐针毡。吃饭没味道，睡觉睡不着，也无心做功课……甚至没有兴趣玩。我不敢看科斯季克的眼睛。我的肩膀上压着一座大山，这大山不是五吨重，也不是五十吨重，它比世界上最重的杠铃还要重。

然后我明白了：再也不能这样了。这座大山快把我压死了。

于是我走到科斯季克面前，腿在颤抖，心提到了喉咙。我想头也不回地跑开，但最终还是坦白了：

"科斯季克，是我打碎了你的智能手机。"

"你？！"

"对，是我……不小心打碎了。我那天本来是想给你送过去……如果你同意，我们一起去找你爸爸，告诉他，你没有犯错。只是别和我断交……"

科斯季克惊讶地望着我，却没有生气。我感觉，一座大山从我的肩膀上移走了，既轻松，又开怀。

就算我和科斯季克两个人会被惩罚，就算一个月不允许我靠近电脑，也不给我买包

括甜食在内的任何东西——因为爸爸得支付
手机的修理费用——我都可以忍受。

所有这些，都没肩膀上的大山那么重。

不存在的客人

　　一个星期天的傍晚，家里来了客人。爸爸妈妈请大家坐到客厅大桌旁，桌上放着美味佳肴。没人理我，我自己坐了下来。

　　"季马，你做完功课啦？"妈妈问。

　　"准备去做。"我回答。

　　"你昨天就说'准备去做'！我提醒过你，今天有客人，要你早点完成作业。跟你说过多少次了，什么事都要及时去做！拖拖拉拉的，会惹一堆麻烦。"

　　"马上去做，很快完成！怎么，我不能吃东西吗？"

　　我有意慢悠悠地吃，这样就不会赶我走开。难道大人在吃东西享乐的时候，我就该埋头做功课吗？

　　我终于吃饱了，这时，潜水艇士兵米沙叔叔开始讲起自己在军队服役的故事。怎么可以离开正在讲潜水艇故事的房间呢？我静静地坐在那儿，几乎一动不动，好让大人们别想到我。就这样，我认真地听着米沙叔叔讲故事。

　　妈妈还是发现了，让我离开桌子。但过了仅仅五分钟，我就丢下课本，跑回客厅。唱卡拉OK？不叫我一起？！我可比谁都爱唱歌，而且我唱歌总得5分！

　　我唱了六首喜爱的歌曲，妈妈从我手上夺走麦克风，敦促我赶紧去做功课。而客人们呢，又开始跳舞了。我坐在那里看着课本，读语法规则。同一个句子反复读，却弄不明白意思，因为隔壁房间音乐轰响，笑语喧哗。

我好委屈。他们在那边那么开心！而我却在这里学习枯燥无味的语法规则，做无重音元音练习，解数学题。为什么这么不公平？为什么最好最有趣的都属于成年人？

　　客人们很晚才离开，我已经躺在床上了。妈妈送完客人，进来找我。

　　"季马，你做完功课啦？"

我假装睡着了。我不能说什么也没有学会呀。周围的人在狂欢,我怎么可能学习啊?

"好吧,明天你的记分册会替你说话。"妈妈叹口气,走出房间。

第二天在学校,斯维特兰娜·阿列克谢耶夫娜开始检查练习册。

"瓦西里金!为什么没有家庭作业本?"她问。

我吓坏了。如果她在我的记分册上打2分,妈妈会夺走我的平板,而爸爸会给电脑加密码。没有平板,没有电脑,我能做什么呀?

"我……本来想完成……"我嘟囔。

"真有趣:想完成,却没有完成。到底什么碍着你了,瓦西里金?"

"我们家昨天来客人了。他们吵着我

了……让我不能聚精会神。"

"好吧，"斯维特兰娜·阿列克谢耶夫娜说，"坐下。"

她没有给我打 2 分。我带着干净的记分册，开开心心地跑回家。

三天后的家庭作业是背诵诗歌。而我玩电脑入了迷，完全忘记作业了。等斯维特兰娜·阿列克谢耶夫娜在班上点名时，我才想起来。

"瓦西里金！"她很吃惊，"你又没有准备好吗？这次又是什么原因？"

"爸爸的朋友来了，"我说，"他们在看足球，大声嚷嚷，所以我没法背诵。"

斯维特兰娜·阿列克谢耶夫娜皱皱眉，摇摇头，还是没有打 2 分。

下一周是单词听写。练习册发下来后，

我发现自己写的所有单词都画上了红线。

"瓦西里金,你根本没有好好准备。怎么,又是客人打扰你了?"斯维特兰娜·阿列克谢耶夫娜很生气。

我低下头。我还能怎么办?我已经明白,如果有客人妨碍我学习,我就不会得 2 分。

"我想背单词,"我说,"还把课本带到户外,不想让人打扰我。只是我冻坏了,很快就回去了。"

"不像话!"斯维特兰娜·阿列克谢耶夫娜说完就走了。

晚上妈妈回来的时候,怅然若失。

"你知道我今天在学校听到了什么吗?"她故意大声对爸爸说话,好让我听到,"原来,我们的生活过得很开心,每天有客人来访。"

"你在说啥?"爸爸大吃一惊。

"你想想！客人们太吵，影响我们儿子学习了。"妈妈开始激动地在房间里走来走去，"因为吵闹的客人，他怎么也不能聚精会神完成家庭作业。"

"太有趣了！"爸爸故作惊叹。

我都想钻进地缝里了。我盯着平板，不敢抬头看父母。

"我想，我知道怎么改正。"爸爸说着，把我的平板夺走，"应该给季马创造理想的学习条件。"

"对，"妈妈附和爸爸，"什么也不该分散他的注意力。他应该好好地集中精力学习。他现在要做功课，我们就悄悄换好衣服，去电影院。明天可以去游泳池，后天去公园散步。"

"每晚我们都离开，好让他安静地学习，

完全安静,那样他就会成为优秀生。"爸爸说。

他们走了。我慢慢走到自己的书桌前，把课本拿起来。

唉，要是像妈妈要求的那样，在客人们来之前完成作业就好了。

普希金，我们走着瞧[1]！

放学后，我们立即飞奔到科斯季克家，开始玩新款电脑游戏。本来可以去我家，但我妈妈上晚班，此刻在家。何况玩新款电脑游戏时，没人想让妈妈待在家里——难道她会允许孩子好好打游戏吗？

幸运的是，科斯季克家没人：奶奶去了朋友那儿，要待三天；爸爸要连上一天班；妈妈很晚才下班。我们玩得开心极了。一直玩到傍晚五点，我才准备动身回家，我答应过爸爸在他回家前就完成作业。

---

[1] "我们走着瞧"来自苏联动画片《我们走着瞧》中的经典对话，相当于我国《喜羊羊与灰太狼》中的"我一定会回来的"。

我穿好外套和鞋，转了一下门锁，里面有什么东西咔嚓响了一声。科斯季克不知为何吓了一跳，马上冲到门边，开始捣鼓锁。穿着外套的我站在一旁，感觉很热。

　　"你在干吗？"我问道，"让我出去。"

　　"出去？！你弄坏了锁！"科斯季克大叫起来，"我妈回来之前，我们都出不去了！"

　　"我没弄坏！"我大叫，"我只是稍微转了一下它。"

　　"没错，转了一下！我们家门锁容易卡住，你把它完全弄坏了！"

　　我们扯着门把手，又敲又打，但无济于事。后来科斯季克给妈妈打电话告急，妈妈答应在晚上十点之前赶到家。

　　"晚上十点？！"我大叫，"我爸爸七点就会到家！"

"那你给他打电话吧，"科斯季克说，"让他别担心。"

"那我什么时候做功课呢？"

"现在呗，你不是随身带着书包吗？"

没办法，我们只能回到科斯季克的房间，坐下来学习。我们做完语文和数学作业，又把新学的语法规则背得滚瓜烂熟。看来，一起做家庭作业真棒啊！既不会无聊，又能互相帮助，互相抽背语法，还能校对答案。

"看吧，你刚才还害怕呢，"等我们做完作业，科斯季克说，"回家前就能把作业都做完了。阅读作业是什么来着？"

我看了眼作业记录本。

"诗歌，第 86 页上的。"

"现在我们快快过一遍。把课本给我。"

"我上哪儿去拿课本？我今天都没带它。

今天没有阅读课。拿你的吧。"

科斯季克慌张地盯着我。

"可我没有那本书。"

"怎么会没有？"我觉得很奇怪。

"呃，我周末把教科书落在干妈那儿了，在另一座城市。她已经把书寄出来了。"

"那你没有教科书怎么办？"

"上节课斯维特兰娜·阿列克谢耶夫娜把她自己的给我了。今天我本来想借你的来用。"

我们默默地坐了一会儿，然后科斯季克抓起自己的手机。

"我好像记过库兹涅佐夫的号码。"

"你找他干吗？"

"问问他是哪首诗。"

这时候妈妈给我来电话了。我和她聊了

很久，解释事情的来龙去脉。爸爸应该跟她讲过，而且可能很详细地讲过，要不然她怎么会知道我和科斯季克被锁在了他家？

"季姆奇，我全都知道了，"科斯季克在我和妈妈聊完后对我说，"现在可以在网上找到这首诗了。我真是个天才，对吧？"

他开始敲键盘。

"是什么诗？"我问道。

"普希金的，关于什么塔吉雅娜的。哦，快看，有很多诗呢！"他惊叹道。

我看了一眼显示屏。

"天啊！都是关于塔吉雅娜的。哪一首诗是我们要找的？"

"不知道啊。"科斯季克挠了挠后脑勺，又给尼基塔·库兹涅佐夫打电话。

"让他读一下第一小节。"我提醒他。科

斯季克和库兹涅佐夫说了两句，又跑回电脑旁。

"你记住诗句了吗？"我问，"你念一下，省得忘了。"

"哪儿来的诗句？他正在训练，让我们别再打扰他了。他只说这首诗是《叶甫盖尼·奥涅金》的节选。"

"《叶甫盖尼·奥涅金》是什么啊？"

"我怎么知道？他就说是《叶甫盖尼·奥涅金》的节选，关于塔吉雅娜、冬天和雪的那几段。"

"那好吧，我们找找。"

于是我们开始找。

"我找到了，"五分钟后，科斯季克高兴地长舒一口气，"似乎是这几句。你听——

塔吉雅娜（这个具有俄罗斯灵魂的姑娘，

为什么这样，她自己也说不清）

热爱俄罗斯冬日的风光，

热爱她那寒冷的美景……①"

"科斯季克，你看，这诗好长啊！"

我们开始往下滑动页面，但一直翻不到诗歌的结尾。

"这好像不是我们要的那首诗。"我说。

"怎么会不是呢？"科斯季克着急地说，"这是不是普希金的诗？是。有没有塔吉雅娜？有。冬天和雪也都有。"

"就算是这样，但老师不可能给我们留

---

① 本章诗句译文均引自普希金著《叶甫盖尼·奥涅金》，人民文学出版社 1985 年版。

那么多作业。"我坚持道。

"库兹涅佐夫说了，是节选。也就是说，是这首长诗的一部分。"科斯季克解释说。

"是吗？那这段节选在哪里结束？又从哪里开始呢？"

我们又给库兹涅佐夫打电话，但他没接。

"还可以问谁呢？"科斯季克问。

"等等，我好像有麦伊斯林的电话。"我说。

"麦伊斯林？他连两节诗都背不下来，"科斯季克反对给他打电话，"他阅读课只得了2分。"

"没事，他只需要照着课本读就好。"

此时伊柳哈·麦伊斯林正在外面散步，不想回家。

"好像是关于普希金的，"他说，"还有关于他的塔吉雅娜·叶甫盖尼耶芙娜的。《致奥涅金》，好像是。"

"你听一下，是不是这个？"我给他念了第一小节。

"差不多吧……对，有雪，也有冬天。应该是。"

"那你告诉我，诗很长吗？"

"你开玩笑吗？它超级长！"

"有多少行？十行？十二行？"

"它一共有五十行！甚至是一百行！瓦西里金，去找你的诗吧！别来烦我了。"

于是我和科斯季克开始背诗。我们背了整整三个小时，中间就短暂休息了几次。快十点的时候，我的脑袋沉得像块铁，感觉一个单词都记不住了，而我们才背到第四十二行。

"就这样吧，我背不下去了，"我说，"因

为这个普希金，我现在脑袋都要炸了。"

"他为什么要写这么长的诗？而且完全不懂他在写什么。"科斯季克说，"要是他写一些短小、精简的诗，就不会伤害小孩子的脑袋啦。"

"也许，写长诗能赚更多钱。"

"真好啊！他赚得盆满钵满，我们却要受折磨！"

"十点十五分的时候，科斯季克的妈妈回来了，但到十一点我们才被放出来。等他们找到了开锁匠，开了门，我又要等爸爸过来接我……到家的时候已经十二点多了。我倒在床上，很快进入了梦乡，甚至都没再看一眼阅读教材。我已经不在乎，我们还有多少行诗没背了。

"我们来抽背一下诗歌。按点名册顺序

吧，"第一节课上，斯维特兰娜·阿列克谢耶夫娜说，"今天还有很多内容要学，大家抓紧时间。博伊科，到黑板这儿来。"

"什么？居然要背整首诗？"科斯季克难过地问。

"当然是整首诗了。有什么问题吗？"

科斯季克像犯人一样走到黑板前。上课前他还在跟我哭诉，说自己全忘了。他背得结结巴巴的，斯维特兰娜·阿列克谢耶夫娜皱了皱眉。班里躁动起来，同学们开始窃窃私语。当科斯季克勉勉强强背到"全家的女仆／为小姐占卜……"，斯维特兰娜·阿列克谢耶夫娜再也受不了了："博伊科！你背的都是些什么啊？"

"普希金的诗。"科斯季克小声嘀咕。

"我知道是普希金的诗。是哪一节呢？"

我感到不妙，开始迅速翻丽莎的书。我自己的书落在家里了。斯维特兰娜·阿列克谢耶夫娜注意到了我的小动作，问道：

"瓦西里金，我留的作业是哪一节诗？"

我不自信地回答：

"是选自《叶甫盖尼·奥涅金》的诗。"

"我知道是《叶甫盖尼·奥涅金》。选段是从哪儿开始的？"

怎么回答呢？我已经隐隐感觉到，我和科斯季克还是背错了地方。至于正确的节选该从哪儿开始，我也不知道，因为没来得及翻到需要的那一页。这时铁木尔·瓦列耶夫举起手，站起来开始背：

那一年里，这儿的秋天

滞留的时间特别长些，

大自然等呀等，等待冬寒。

我不敢相信自己的耳朵。这几段可是关于秋天的，并且只有中间提到了塔吉雅娜，雪也只提到过一次。节选部分一共只有十四行，背下来不费吹灰之力，但我和科斯季克却被折磨了整晚，现在还可能要得 2 分。我觉得很委屈，于是站起来说：

　　"我和博伊科弄混了，但我们毕竟背了！我们背诵的部分比要求的多了三倍！而且我们的节选很长。斯维特兰娜·阿列克谢耶夫娜！这不能怪我们啊！"

　　"那怪谁？普希金吗？"斯维特兰娜·阿列克谢耶夫娜问道。所有人哄堂大笑。

　　"对，就怪普希金，"我固执地说，"他干吗要写那么多类似的关于塔吉雅娜和冬天的诗？写一首还不够吗？"

　　斯维特兰娜·阿列克谢耶夫娜没有生气，

相反，她也笑了。之后她解释说，普希金没有写很多关于塔吉雅娜的诗。他是写了一部很长的诗体小说，叫《叶甫盖尼·奥涅金》，而塔吉雅娜是其中的女主人公。小说分很多章节和段落，这些段落我们会在不同年级学习。原来是库兹涅佐夫和麦伊斯林把我们弄糊涂了，让我们搞错了章节，甚至不知道应该背到哪里为止。

斯维特兰娜·阿列克谢耶夫娜终于同意我们背自己背过的部分，但她提醒我们，因为我们粗心，会给我们减一分。我得了 4 分，而科斯季克得了 3 分 -。看来，四十二行诗多少还是奇妙地在我脑袋里留下了痕迹。拿了还不错的 4 分，我松了口气。还好一切都顺利结束了。

当然，科斯季克还是有些不满的，因为

3 分－比 2 分也没好到哪里去。回到自己的座位，他沮丧地嘟囔：

"连续三个 3 分，唉，普希金啊……"

"我们走着瞧吧！"斯维特兰娜·阿列克谢耶夫娜替他结束了这句话。

全班哈哈大笑，久久不能平静下来。

学吉他

我们小学举行了一场文艺会演。每个班派几个同学出来表演。克秀莎·茨维塔科娃代表我们三年级 A 班表演克雷洛夫的寓言《长尾猴和眼镜》。她特意装扮成长尾猴，在鼻子上架了一副眼镜。大家哈哈大笑，为她热烈鼓掌。

"你想不到吧？"我对科斯季克耳语，"其实我也可以这样表演。"

"嗯，是的，"他赞同，"每个人都会读寓言。"

然后尼基塔·库兹涅佐夫上台表演。他是运动员，练空手道。尼基塔身着白色和服，赤脚在舞台上走动，表演各种动作。大家也为他热烈鼓掌，还对他吹口哨。

"没啥特别的，"我说，"就抬抬腿、挥挥手，不用动脑筋。"

"节目马马虎虎，"科斯季克随声附和，"我都不愿意鼓掌。"

"那你们为什么不表演呢？"坐在我们后面的丽莎·科马洛娃说，"自己什么也不做，还坐在那里品头论足。"

"我们是不会表演吗？"我转过身，"我们只是不想。"

"如果我们想，我们也能完成那个！"科斯季克说。

"到底哪个？"

"就是那个！大家都会尖叫！都会站起来给我们热烈鼓掌。"

"哎呀，算了吧，'尖叫'！你们什么也

不会！"丽莎嘲笑起我们来。我想还击，但是斯维特兰娜·阿列克谢耶夫娜对我们嘘了一声，我们马上沉默。

随后表演的是平行班的三个同学。我和科斯季克对他们也评论了一番，但我们互相靠得很近，不让丽莎听见。可她还是斜眼看着我们，不怀好意地笑。

"这个不怀好意的人！该抓住她的辫子，抓狠点，让她别自高自大。"科斯季克说。

"不行，"我说，"辫子在后面，我们在前面。如果她在我们前面坐，还可以办到。"

"对呀，下一次要考虑好在哪里坐，"他说，"别让人妨碍我们说话。"

三年级的同学们表演完了。一个四年级的男孩手里拿着吉他，走上舞台。他个头不高，看不出是四年级学生，很容易把他看成三年级甚至二年级的同学。

男孩在为他准备的凳子上落座，把吉他放到膝盖上，双手抱着它。不知怎么的，他非常自信地抱住了吉他，调好麦克风，弹奏起来。他弹得那么好，像真正的音乐家！一开始我甚至在想，不是他在演奏，是广播在播放。后来明白了：不，真的是他在演奏。吉他的声音直接送进麦克风，手指飞快地在琴弦上拨动，简直让人眼花缭乱。

旋律那么欢快动人，大家都随着节奏拍起手来。等他演奏完起来鞠躬时，大家因为欣喜而大声尖叫，都从座位上跳了起来。不怀好意的科马洛娃却对我们冷笑着说：

"胡闹，没啥特别的。你们可以演奏得更好。大家会给你们送上更热烈的掌声，对吧？"

　　回家的路上，我脑海里全是这个四年级的吉他男孩。他的演奏太美妙了！简直是大师级别的。我要能学会就好了！我展开了想象——

　　在新年音乐会上，报幕员宣布："大家注意，下面是音乐节目！由三年级 A 班德米特里·瓦西里金演出。"我立即拿着吉他走上舞台，开始演奏。大家都因为欣喜而屏住呼吸。我演奏得很迅捷，旋律很复杂，甚至比那个吉他男孩的还复杂。我的手指在琴弦上跳跃。整个大厅在喊叫，吹口哨，鼓掌。只有科马洛娃一个人由于嫉妒，青着脸坐在那里，还流着眼泪：

"哎呀，我多傻呀，没有相信瓦西里金！他是多么才华横溢的音乐家啊！而我连背诵诗歌都不会！"

确实，为什么不可以？为什么不能学会吉他？如果这个瘦弱的小男孩可以，那我也可以。他就比我高一个年级。我的个头还比他高呢。他要赶上我，还要再长，再长。

傍晚，我和妈妈爸爸说：

"我要吉他。"

"这又是为啥？"妈妈问。

"为了演奏，"我说，"让大家听我演奏。"

爸爸推开书，问道：

"为什么不是鼓？"

"为啥我要打鼓？"

"鼓声更大。大家一定听得见。"

"爸爸！"我叫了起来，"对这事我是很严肃的！我想学会弹吉他，在新年音乐会上演奏动听的旋律。"

"好吧，那真的很严肃。"爸爸说，"而且你有很多时间来学会吉他。整整两个半月。在这段时间你会成为高手。"

爸爸的玩笑让我很委屈。为什么他就不相信我能学会？难道我比那个四年级学生差吗？

妈妈给我解释，说学会弹某种乐器很困难。这是一个漫长的艰辛历程，可能得花几年时间。

"你想想，为什么人们在音乐学校要学习六到八年？为什么还要进音乐学院呢？"她说，"而你却想在新年前就自由地演奏任何旋律！"

"我不需要你们的音乐学院！"我生气了，"音乐学校也不需要。我自己能学会。我每天弹一会儿，自己就练成了。"

"怎么可能不去音乐学校就可以学会？你连谱子都不会。"

"为什么要谱子？我又不在谱子上演奏，而是在琴弦上演奏。妈妈，爸爸，给我买吉他吧！我真心想弹！很想！"

妈妈沉重地叹口气，走去厨房。爸爸又拿起书来。但我黏着他们，每天都说吉他。我的内心被炙烤着——多想把吉他拿在手里，敲击琴弦，奏出动人的旋律。

过了一周，他们终于屈服了。

"算啦，"爸爸对妈妈说，"给他买吉他吧。让他学习演奏。我看一本书里说，不能扼制孩子学习的渴望。应该让他试试。说不定家里会突然出一个天才呢！"

"哪本书里写着，我们应该花钱买一个以后会无所事事地躺在那里的东西呢？"妈妈问。

"就是这本书，"爸爸拿出一本薄薄的书，这一周他一直在读，"《父母必读儿童心理学》。而且是家长会上发的，你没有参加，所以不知道。"

"很正确的一本书。"我说，"斯维特兰娜·阿列克谢耶夫娜才不会发不好的书。"

我们坐车去买吉他。

"不过你得承诺，"妈妈说，"要去音乐学校跟老师学习。"

　　"好吧，好吧。"我说，心突突跳着把吉他黄色木质的那面贴紧自己。

　　"现在你所有课余时间都要花在吉他课和家庭音乐作业上。"爸爸说，"没有时间玩电脑看电视了。明白吗？"

"明白了，明白了。"我说。

我现在可以承诺任何事。给我买吉他了！我将学会弹吉他！我会在新年音乐会上表演。

我在音乐学校吉他老师那里报了名。吉他老师却没有教我演奏美妙的音乐，只给我示范怎么正确坐，怎么正确拿吉他。然后，他就讲解吉他各部分的名称。我在练习册上全都记录下来，还记住了。然后我们学习谱子，开始记哪个音符在吉他琴颈的哪个位置上。两周过去了，我还没开始学习演奏。

"我们这么急要去哪呀？"我的老师说，"记住，季马，音乐不允许急匆匆，也不接纳过客。"

过了一个月，他教我演奏《青草上的一只蚱蜢》。我学了好久，怎么也记不住，哪里该按哪几条弦。但最终记住了，并骄傲地给爸爸妈妈演奏了整支曲子。他们久久地给我鼓掌。

"瞧，"爸爸对妈妈说，"你还不相信。我们的季马是顽强的，目标是坚定的。"

他们很开心，而我却不开心。因为绷紧的琴弦，我的手指很疼；因为陌生的音符，脑袋嗡嗡作响。我想玩电脑，想和科斯季克以及其他同学一起玩。而现在，我得在音乐课上抱着吉他学习各种愚蠢的和弦和音阶。我已经完全不想在舞台上表演了。而且表演什么呢？大家注意，下面是音乐节目！由德米特里·瓦西里金用吉他演奏《青草上的一只蚱蜢》！整个大厅的观众会笑得不行，科马洛娃会最先笑死。

一次课间休息时，我看见了那个四年级

吉他手，就走过去问他：

"你弹吉他学了多久？"

"我现在还在学习，"他说，"两年后才从音乐学校毕业。"

"那你什么时候开始学习的？"

"还在幼儿园就开始了，六岁。"

我马上忧愁起来。我还得忍耐多久？等我学会，要整整六年啊！要痛苦多少年，才能在九年级演奏吉他？跑去抓丽莎的辫子让她别再嘲笑，应该更简单吧。

不，够了！最好和以前一样生活。和小伙伴们一起玩，看动画片，玩电脑。

我抛弃了吉他。它现在躺在柜子里，只有妈妈在清扫房间时才会用湿抹布擦掉它表面的灰尘。我又开始了正常的生活，没有任何音符，没有任何和弦和音阶。也许，我还是那个音乐不能接纳的过客。

"对待一个不遵守自己诺言，欺骗父母的孩子，该怎么办？"一次清扫房间后，妈妈问爸爸，"你的智慧书里写明了吗？"

"没有，"爸爸说，"但书中说，在任何情形下，甚至是最不开心的时候，也可以找到令人开心的东西，让自己高兴起来。"

"那又如何？"妈妈很吃惊，"对我们而言有什么可开心的？"

"季马没想要钢琴，"爸爸说，"不管怎样，我们住在五楼啊。"

他开怀大笑起来。妈妈竭力皱眉头，但没有忍住，也大笑起来。

而吉他，我们把它送给了我表弟，他正要在音乐学校报名呢。让他痛苦去吧。

期中考成绩：3 分

上课时，斯维特兰娜·阿列克谢耶夫娜把期中记分册发给我们。我翻到最后一页，看见自己的成绩，惊呆了。我看见了一个 3 分，唯一的 3 分，俄语课的 3 分。

我举起手。

"斯维特兰娜·阿列克谢耶夫娜！"

"瓦西里金，什么事？"

"我俄语才 3 分！"

"我知道，"斯维特兰娜·阿列克谢耶夫娜平静地回答，"就是我给你打的分。"

"那是为什么呀？"我叫嚷道。

"什么为什么？你就只能得这个分数。这半个学期你学习不认真，回答问题很糟糕，也不再记语法规则。记得吗，我好几次提醒你要更加努力？"

"但您说我的成绩有争议，在 3 分和 4 分之间！"

"嗯，我最后还是给了你 3 分。最后一条规则你得了 3 分，听写测试中得了 3 分 –。怎么你现在才抱怨？你早该想到的。"

我坐下来，盯着自己的期中成绩：一列 4 分和 5 分。当然，4 分比 5 分多，但看起来还是很舒服。突然蹦进一个讨厌的 3 分，把一切都破坏了。正常的分数中，这么丑的分数格格不入，好像美丽的苹果上有一个虫洞。真可怕！

当然，以前我的记分册和成绩簿里也有过 3 分和 2 分，但期中成绩我从未得过 3 分。这是多么令人委屈和不快啊！

妈妈会说什么？她九年级之前一直是个全优学生。爸爸六年级之前也一直是全优学生。

"我和爸爸以前学习都很好，"妈妈经常说，"你是我们的儿子，应该学得更好。因为孩子们应该比自己的父母更聪明。"

我却并没有更聪明。我总得4分：期中考是，全年考也是。尤其俄语学不好。某条语法规则好像记住了，但在听写时还是会犯错，而且就是在这条规则上犯错。其他科目也有困难。

我已经屈服了，甚至连爸爸的成绩也无法达到，妈妈的更不用说了。我永远不可能成为优秀生，让他们满意，但我至少曾经得的是4分。而现在是期中考3分！怎么回事，我现在成了"3分"学生？！

我不想回家，因为妈妈还没去上班。她一定会问：

　　"怎么样，良好学生，你还是我们的良好学生吗？"

　　这是她在开玩笑，希望说着说着，你突然回答："不，我已经是优秀生了！"而我现在该怎么回答？

　　我决定去找奶奶。妈妈不喜欢我单独去看望她，因为她住的地方并不近，要坐公共汽车去。难道一个三年级的学生不能独自坐公共汽车去看望自己的奶奶吗？

　　看见我的时候奶奶很高兴，马上拿出加了奶酪和果酱的薄饼给我吃。我完全吃不下，一块也咽不下去。

　　"你今天都不像自己，"她说，"发生什么啦？"

我就和她说了期中考俄语得 3 分的事。可不是吗？可以告诉奶奶。她总是维护我。

"怎么啦，你不喜欢它吗，你的 3 分？"奶奶问道。

"奶奶，你在开玩笑吗？！"我叫道，"怎么可能喜欢呢？"

"那就好。"

"为什么好？"

"也就是说，你不希望它再出现。下半学期你会得 4 分。"

"是啊，下半学期……那这个 3 分要怎么办呢？"

"这个没关系。让它留在那儿，有好处。"

"3 分有什么好处呢？"

"有什么好处？你不想学习的时候，就拿出记分册，看看期中考试的 3 分，就会想起今天是怎么难熬，怎么不开心的。不管想不想，都得学习。这样慢慢地，就会改进。"

"如果不能改进呢？"

"会的，"奶奶说，"爸爸就成功了。他快四年级时成了优秀学生。一开始，他是 3 分滚 3 分，最后滚走了 3 分。"

"3 分滚 3 分？"我很惊讶，"你讲的是哪个爸爸？"

"就是你爸爸，还有哪个？不相信我？我现在给你看。"

奶奶走去房间，过了一会儿，带着一本揉破的记分册回来。我在封面上看到"二年级 B 班学生谢尔盖·瓦西里金的记分册"。

"奶奶，真的是爸爸的吗？"

"是的，爸爸的，爸爸的。"奶奶笑着说，然后去打电话了。我翻着记分册，简直不敢相信自己的眼睛。原来，爸爸不是什么优秀生。二年级全是 3 分，还不仅仅是期中考试，而是一整年。哇！

我回到家时，妈妈已经走了。我在沙发上坐了整整一个小时，一直想，一直想，怎么也不能相信，爸爸和妈妈在骗我。爸爸回来时，我马上给他看我自己的记分册。我想看着他的眼睛，听他讲自己的 5 分，讲孩子应该比父母更聪明。

爸爸看见了 3 分，但他并没有准备骂我。他看看我，说：

"真糟糕……我们该怎么办？"

"改进。"我说。

"正确。如果你愿意，我可以帮助你。这方面我有经验。"

"哪方面？"

"告诉你一个秘密。我曾经整整两年是3分学生。然后我觉得很难过：我怎么了，完全是一个笨蛋吗？难道我就学不好英语和数学吗？三年级我不再是3分，四、五年级时，我的成绩全是5分。就是这样，兄弟。很抱歉，没有及时告诉你。我没想过需要这样做。"

"妈妈呢？妈妈一开始也是3分学生吗？"我问道。

"不，妈妈一直是全优生，没骗你。我和你离她还远着呢。怎么样，试试看？"爸爸对我眯了一下眼。

我微笑着点点头。

独自在家

12月中旬，爸爸出差去了，而妈妈得去工作一昼夜。

"我都不知道该怎么办。"妈妈说，"奶奶还在医院里。或许，给娜塔莎打电话？"

"为什么打电话给娜塔莎呢？"我吓到了，"不用。"

妈妈的表妹娜塔莎在师范学院上学，最后一年了，她准备当小学教师。爸爸妈妈出差或因工作长久不能回家时，娜塔莎喜欢和我待在一起。她喜欢教我知识，给我讲大道理。

"娜塔莎会照看你的，会检查你的作业。你也不会感到孤单。"妈妈说，"毕竟整整一昼夜。"

"我不要什么娜塔莎。"我坚决反对，"我

已经长大了，自己就可以照顾好自己。"

"我知道你是怎么照顾自己的：你会熬夜玩电脑，然后睡过头不去上学。"

"我不会睡过头的，也不会玩电脑——当然，我会玩一会儿，但就一小会儿。然后就会写作业，按时躺下睡觉。"

"很难相信你，季马，要知道我早上都叫不醒你。何况早上我也没空往家里打电话。"

"我会调好闹钟，自己会醒的。就留我自己一个人在家吧，你会看到我好好的。"

"就怕我看到的时候，一切都晚了。"妈妈叹口气，但是没给娜塔莎打电话。

第二天，妈妈叫醒我，给我吃早餐，并告诉我午餐和晚餐吃什么。

"我明天早上八点半回来。如果你到时候没在学校，将会受到惩罚。"她在离开前警告我，"我就不会再相信你，以后你就和娜塔莎待在一起。"

"一切都会好好的。"我让妈妈相信我，"你怎么那么担心？我明天七点醒来，收拾好书包，洗脸刷牙，吃早餐，把门锁转两圈，就去学校。八点我就会坐在课桌旁。八点半你一回到家，看到我不在，你就放心了。"

"对你哪能放心？"妈妈又唠叨了几句，走了。

我穿好衣服，去上学。中午我和科斯季克一起回家。吃完了妈妈准备的午饭后，就开始玩电脑。可惜就玩了一会儿：科斯季克的奶奶把他叫回家了。我想坐下写作业，但又想，我还有整整一个晚上，时间足够。于是我就又走到了电脑前。

快到晚上的时候，妈妈给我打电话。

"一切都好吗？"她问。

"当然，"我回答，"我吃了东西，马上准备写作业。"

"那你现在在做什么？"她问，"你正待在电脑前，损害你的眼睛吗？"

"不，我已经关掉了。"

妈妈又叮嘱我别熬夜，别睡过头误了上学，就挂了电话。而我又回到了电脑前。

然后我的眼睛真的疼痛起来。我在房间里走来走去，像爸爸建议的那样经常眨眨眼睛，但眼睛的刺痛并没有消失。我开始找爸爸的眼药水，他在电脑前工作很久时，就会滴它；但是哪里也找不到眼药水，可能被爸爸带走了。我躺到床上，决定闭着眼睛躺一会儿，等眼睛休息好后，就开始写作业。

我躺着躺着，不知不觉就睡着了。

　　我醒来后大叫了一声——我睡过头了！
电子钟上的红色数字在黑暗中闪闪发光：
8:15。我像被烫伤一样跳了起来，奔到窗前。
漆黑的院子，下着雪，灯亮着。寻常的冬日
清晨。不，不完全是这样。我通常都会按时
起床，而今天正如妈妈担心的那样，我还是

睡过头了。现在我就会被记过。妈妈会生气，她会经常让娜塔莎来家里待着陪我。

我打开灯，开始一边疯狂收拾，一边看钟。已经 8:20。已经 8:25。妈妈随时可能回来，会抓到我在家。我将要挨一顿痛骂。

我随手抓起教科书，已经不记得课表了。别说课表，就连星期几都不知道了。我连早餐都没吃，就冲出家门，匆匆赶往学校。我边跑边想，自己怎样在上课的时候走进教室，斯维特兰娜·阿列克谢耶夫娜又会怎样摇摇头说：

"早上好，瓦西里金！你来的时间刚刚好，上课铃刚要响。"

整个班级会嘿嘿笑，叫我睡鼠和旱獭。这样想着，我跑得更快了。

学校的门是锁着的。窗户黑漆漆。只有一楼的小窗户亮着。我站在台阶上，敲门，怎么也弄不明白：为什么一个人也没有？为什么学校大门紧闭？我来得太早了吗？都快九点了，怎么可能早？

门突然被打开，我看到一个穿着保暖背心的陌生人。他惊讶地看了我一眼。

"你为什么砰砰砰敲门呢？"他问，"你要干什么？"

"什么干什么？我来上学呀……"
他哈哈大笑起来。

"有人告诉我，现在学校的课程很难，但我没想到，竟然到了大晚上还来学校学习的程度。"

"什么？"我不明白。

"什么什么？学校还锁着门，你没看到吗？现在是深夜。回去躺下睡觉。明天早上再来吧。"

他关上了门。我恍然大悟。真的是九点，

但不是早上，是晚上。实际上我在同一晚上睡着又醒了。我把早晚弄混了。因为 12 月的早晨和晚上一样黑。

我沿着白雪皑皑的道路跑回家，欢快地哼着歌。我无法相信，结果竟然这么好。天还没亮，我也不可能迟到。

多幸福啊！

就是说，我还有时间来完成所有事情。把闹钟调到早上七点，吃晚饭，做作业……玩电脑。

轻松得 5 分

斯维特兰娜·阿列克谢耶夫娜周五对我们说："同学们！由于流感隔离，我们落下了几节数学课，所以你们回家做第 11 号自习作业。周末时间充裕，足以完成所有作业。周一早上交给我。"

她把自习练习册和测验练习册分发给我们，通常这些练习册放在她的柜子里。

我们沮丧极了。第 11 号自习作业有四道普通题目和一道大题。除了数学，我们还得记俄语语法规则，阅读一篇长达三页的文章。周末泡汤了！

最让人不开心的是，隔离后我们班只有十六个同学，其他十二个同学还在生病，什么自习也不关他们的事。为什么全班一半的同学应该受折磨，另一半却在安静地休息？公平在哪里？

只有伊柳哈·麦依斯林一点儿也不愁。他坐在自己的课桌旁，神秘地微笑。课间我们围住他问：

"哎，快说实话，你想出什么妙招了？"

我们的伊柳哈是妙招大师。

"你难道周一不来上学？"阿琳娜·索特尼科娃推想。

"会跑去其他地方？"克秀莎·茨维塔科娃问。

"不，他会生病，"铁木尔·瓦列耶夫说，"周日吞下很多雪，周一喉炎发作。"

"我会来学校的，你们可以放心。"伊柳哈回答。

当然，谁也不会放过他；相反，大家迫不及待地说出了自己的想法。

"你不准备做自习作业吧？"

"你会说，要和全家一起去做客？"

"不，他会说家里断电了。"

"他会把手打上绷带说：'不能写字！'"

伊柳哈只是摇摇头，然后说：

"我会来学校，会带来自习作业，而且还会得 5 分。"

"你？ 5 分？"

"是的，而且很容易！"

我们哈哈大笑起来。伊柳哈的数学成绩从未超过 3 分 -。

"笑吧，笑吧，"他说，"你们会羡慕我的。我知道一个秘密……"

大家立即扑向他索要秘密。当一个人知

道轻松获得 5 分的秘密，却不告诉其他人，这公平吗？

"我有习题解答书，"伊柳哈终于承认了，"妈妈前不久买的，全部答案都有。"

"你妈妈亲自买了，好让你照抄？"我们好惊讶。

"当然不是。我把测验 2 分的成绩带回家，妈妈就拿着解答书看我错在哪儿，看怎么正确解题，让我重做一遍。斯维特兰娜·阿列克谢耶夫娜告诉她这样做的。我记住她把解答书放在哪里了，明天照抄就好。"

"那她在哪里买的？"尼基塔·库兹涅佐夫问，"我也想要一本。"

"就在贸易中心旁边的书店，"伊柳哈说，"只是剩下不多，也许已经卖完了。"

下课后，我和科斯季克奔跑去了书店。

我们担心，其他同学比我们动作更快，把解答书买完了。那样的话，我们就不能轻松获得 5 分，星期天也只能一整天埋头苦做数学题了。

我们很走运，书店里还有很多解答书。但我和科斯季克的钱只够买一本，没法买两本。我们说好轮着抄答案：今天科斯季克，明天我。

我们在收银处付钱时，尼基塔·库兹涅佐夫和铁木尔·瓦列耶夫走进了书店。在书店门口又遇见了阿琳娜·索特尼科娃、克秀莎·茨维塔科娃和丽莎·科马洛娃。

周日我跑去科斯季克那里拿解答书。科斯季克全做完了，很满意。

"太棒了！我花了十分钟，自习作业就完成了。不用思考，不用解答，就抄写，很

快完成了。最好能弄到所有科目的解答书！"
他说，"想想吧，那样学习起来会有多轻松！"

我回到家，坐到书桌旁，准备把答案抄到自己的练习册上。这时爸爸走了进来。

"你还在写作业吗？"爸爸问，"你昨天也学习了。"

"我们还要在家完成自习作业。"我说。

"我还想带你去滑冰呢。瞧，多好的天气。"

"很快的，我很快做完，就去滑冰。"

"怎么会很快？"爸爸很惊讶，"得思考，得解题。"

他看见了桌上的解答书，拿到手上。

"这是什么？"

"这是……学校发给我们的……"我嘟囔着。

"学校发的？现成的题目和答案？"

我知道自己被抓住了。爸爸肯定不赞成看解答书。我也知道，今天滑不成冰了。

"你决定减轻自己的生活压力？"爸爸讥讽地一笑，"逃离困难？"

"嗯，爸爸，我什么也不逃避。只是如果我自己解题，要花一整个小时。而抄写，总共只要十分钟。"

"你舍不得在学习知识上花时间吗？那以后会怎样？假如你成为医生，你会按照解答书去治疗病人吗？是吗？或者假设你是飞行员，突遇紧急情况，需要采取正确的措施。而你，不去拯救飞机和乘客，却坐在那里翻解答书。因为你不习惯自己解决问题，而是习惯获得现成答案。注意，季马，没有应付生活中各种情况的解答书。"

"爸爸，够了！我自己也能解题。"我说。

"那我们现在来看看。"爸爸说完，拿走了我的解答书。

我花了很多时间做功课。怎么也解不出那道大题。我都想叫爸爸回来了，但又改变了主意，决定自己弄懂。终于弄明白了！虽然花了一个半小时，但完全明白了。靠的是自己，而不是别人的帮助。

周一我们把自习作业交给斯维特兰娜·阿列克谢耶夫娜。周二早晨，她把一摞作业本放在桌子边上，说：

"我们班给出了惊人的成绩，十五个一模一样的分数！从未有过。"

我的心凉了。十五个 5 分。第十六个就是我的 2 分或 3 分。因为大家都抄了，而我是自己解出题目后就交了。应该让爸爸检查一下自习作业的。

斯维特兰娜·阿列克谢耶夫娜把练习册发下来。周围响起了惊讶的叫声。我打开练习册，不敢相信自己的眼睛：5 分。5 分？！怎么可能？

"怎么，没想到？"斯维特兰娜·阿列克谢耶夫娜说，"确实，这是一个令人惊奇的结果。十五个 2 分，一个 5 分。"

"但是怎么会全是 2 分？！"伊柳哈·麦依斯林喊出声来，"我们是……"

"你们是怎样？从解答书上抄的？那儿的大题解答得不对，有印刷错误。你们掉入陷阱了。十五个同学一模一样的错误。只有瓦西里金完全是另一种解答，而且是正确的。我给他 5 分，而你们所有人都是 2 分。所以第五节课后瓦西里金回家，其他人全都留下来做第 11 号自习作业——在我的监督下，不看解答书。"

十五个同学在凳子上坐立不安，不满地低声絮叨。我看着自己靠诚实获得的 5 分，似乎觉得，它是我得过的所有分数中最为美丽的。

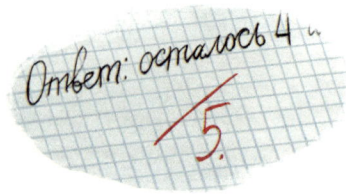

零下 30 度

一天晚上，科斯季克给我来电话。

"季姆奇！你看电视了吗？"他快乐的大嗓门在话筒里响起。

"没有，"我回答，"我还在做功课。"

"嗯，白做，反正明天不用去学校。"

"为什么不用去学校？"我惊讶地问，"谁说的？"

"电视里刚刚播报了。明天严寒，零下30度。"科斯季克回答。

"也说了明天不用去学校吗？"

"嗯……没有直说。但是斯维特兰娜·阿列克谢耶夫娜告诉过我们，如果气温到达零下30度，就不用去学校啦。怎么，你忘了吗？"

我想起来了，她在初冬时确实这样说过！说的甚至不是零下 30 度，而是零下 27 度。她说过，零下 27 度小学停课。既然电视上已经通知明天零下 30 度，那就意味着，学校要停课啦。

我高兴极了，也不做数学作业了。我告诉爸爸妈妈，因为严寒，我们明天不上课。

"真奇怪，"爸爸说，"网上没有一点关于严寒的报道。"

"嗯，也许网上没报道，但电视播报了。"我回答。

"那你们的斯维特兰娜·阿列克谢耶夫娜知道吗？"妈妈问。

"当然知道！她亲自告诉我们不用去学校。"我回答。

第二天早上爸爸妈妈去上班，没有叫醒我。九点钟，科斯季克却来了电话。

"季姆奇！你去学校了吗？"

"没有，没去。"

"我也没去，但是我们今天要上课。"

"怎么要上课？你亲口告诉我的，严寒，零下 27 度。"

"没有什么严寒！取消了！斯维特兰娜·阿列克谢耶夫娜刚刚给我妈妈打了电话，让我五分钟后赶到学校。她没有给你妈妈打电话吗？"

"暂时还没有。"

其实，她可能已经打了电话，只是妈妈上班时不能随时接电话。我不再等斯维特兰娜·阿列克谢耶夫娜给妈妈打通电话，急忙从床上起来，飞快穿好衣服，就冲去学校。

原来，今天竟有八个同学没去学校，也是听了电视上关于严寒的播报。

　　"从此刻起，既不要相信电视，也不要相信网络。"斯维特兰娜·阿列克谢耶夫娜说，"以室外温度计和我的通知为准。瓦西里金，哪怕早上不用上学，我们也要学习功课。都明白了吗？"

　　我们都明白了，尤其是我。很庆幸，她没给我的家庭作业打2分。我暗暗决定，会更谨慎地对待天气预报。

　　一星期过去了。二月初，天气突然降温。每天早上，室外温度计的读数都停留在零下21度—零下22度。我多么希望温度计的红柱降到零下27度！我甚至用手指敲了敲它的玻璃，但还是无济于事。温度计的读数没有下降，学校也没有因为寒冷而停课。

一天早上，妈妈告诉我：

"季马，穿厚点，今天零下30度。"

我睡眼惺忪地应了一声，突然从床上跳起来，跑去看室外的温度计：零下30度！打开本地电视频道，也显示零下30度。万岁！终于不用上学啦！

"科斯季克！今天零下30度！"我对着话筒大喊。

"是的，我也看到了。"他回应，"但是，季马，说不定突然又要去学校呢？"

"怎么会？斯维特兰娜·阿列克谢耶夫娜说了，相信温度计，现在上面显示零下30度。"

"她说的是以温度计和她的通知为准，但她并没有通知我们。"

我们俩沉默了。

"季姆奇，今天我还是会去学校，要不然妈妈会把我的脑袋拧掉。"科斯季克说完挂了电话。我叹了口气，也准备去学校。

我们在学校门口的台阶旁碰面了，学校里的灯也亮着。

"看吧，要上课。"科斯季克说，"幸好来了。"

由于寒冷，他两颊通红，口中冒着腾腾雾气。

"确实。"我跺着冻僵了的脚，随声附和，"不然我们又要受处罚了。"

我们跑进学校前厅，停了下来。他的眼神变得像在课堂上一样空洞，虽然距离上课铃响还有整整十分钟。

"哦，又来了两个。"桌后的保安说，"你们为什么在家里待不住呢？明明说过了：零下30度一到八年级都停课。今天只有高年级学生上课。"

我和科斯季克高兴极了，跑到街上。

"我们去山上玩吧！既然今天没课。"科斯季克提议。

我同意了。确实，别回家。

我们班几乎所有同学都聚在学校后面积雪的山上。我们大喊大笑，在雪地里打滚；背着书包，背上垫着硬纸板从陡坡上滑下来，有的人滑的时候甚至什么都没垫。一点也没有感受到什么零下30度的寒冷，只觉得非常开心惬意——直到斯维特兰娜·阿列克谢耶夫娜找到我们。

"孩子们真棒啊！三年级A班全都到齐了。你们为什么来学校呢？我不是已经告诉你们，今天我们不上课吗？"斯维特兰娜·阿

列克谢耶夫娜大声说。

"斯维特兰娜·阿列克谢耶夫娜，您什么都没告诉我们！"我们高喊起来。

"怎么没说？我一大早就给克秀莎·茨维塔科娃和伊利亚·麦伊斯林打了电话，让克秀莎·茨维塔科娃通知所有女生，伊利亚·麦伊斯林通知所有男生。"

"没有。谁也没有提醒我们。"

"他们自己也在这里？"

"克秀莎在这里，伊利亚不在。"

克秀莎被推到老师面前。

"你为什么没给任何人打电话？"斯维特兰娜·阿列克谢耶夫娜问，"我不是请你依次告诉所有人吗？"

克秀莎紧张地眨着眼睛。

"斯维特兰娜·阿列克谢耶夫娜……您

真的打电话给我了吗？我还以为梦见您了。"

我们一齐笑了起来。

"好吧，同学们，去学校吧。没必要在这里冻鼻子。我们去取取暖，把衣服烘干……然后上课……"斯维特兰娜·阿列克谢耶夫娜说。

"天哪，不要！不要去学校！我们还是回家吧！"我们争先恐后地喊着，"今天零下30度，不能上课！"

"在这里整整一小时玩滑梯就可以吗？为什么取消上课呢？是为了让你们在严寒天气不要出门。既然你们还是来了，我们就上课。去学校！跑起来！"

我们一群人慢慢地跟在斯维特兰娜·阿列克谢耶夫娜后面走着。

"都怪克秀莎！"我们生气地说，"都怪

她健忘！其他班级都在家待着，只有我们像学霸一样要上课！"

"但我是真的忘了。"克秀莎落在后面说，"我以为在做梦。"

"胡说，你是故意不告诉我们的！"

"是吗？那我自己也是故意来学校的吗？我也和你们一样来了学校啊。你们的麦伊斯林又在哪儿？"

我们已经走到了学校前厅，我的手机响了。

"瓦西里金！"我听到了伊利亚睡意蒙眬的声音，"老师让我转告你们，但我太困睡着了。我们今天不上课。外面太冷了，零下 30 度。你转告一下其他不知道的同学。"

"但所有人都已经知道了，麦伊斯林。"我边说边跑去追赶自己的班级。

愚人节

我们在英语课上读了一篇有关 4 月 1 日的文章。杨娜·伊格列夫娜告诉我们，这个节日在俄罗斯称为欢笑日，而在英国是愚人节。在这一天，人们胡闹逗趣，互相开玩笑，捉弄朋友熟人。

科斯季克在回家的路上说："我们也来捉弄谁吧，4 月 1 日就要到了！"

我马上同意："好啊！那捉弄谁呢？父母吗？"

"不，捉弄父母没有意思。最好是我们班的某个人，比如科奇金。我们就和他说，校长找他有事。"

我想象了一下亚历克·科奇金那握紧的

大拳头。

"不，不要，他没有什么幽默感，哪怕是欢笑日，我们也笑不出来。"

"嗯，是的，确实。要不我们来捉弄某个女孩子吧？"

"捉弄谁？"

"嗯……可以是蒂丽娜。"

"蒂丽娜是优等生，是班长，她不会相信有人叫她去哪儿。"

"那我们把她的东西给藏起来，比如靴子，然后看看她是怎么找的。"

"这就不是捉弄了，是盗窃。她去告状，我们就麻烦了。"

"那该怎么做？"

我们来到十字路口，通常到这里大家就分头走自己的路，我突然灵光一闪：

"科斯季克，我们来捉弄所有人吧！"

"所有人指谁？"

"就是所有人，我们全班人！"

"真棒！"他很高兴，"好主意！那怎么做？"

"我还不知道，得想一想。"

我们各回各家，开动大脑，但脑袋里什

么好主意也没有冒出来。我整个上午，整个晚上，甚至整夜都在绞尽脑汁地想。当然，晚上我是睡了，但梦中还在想着这事。原来，想出一个好玩的恶作剧也不容易呀！

"想出来了吗？"第二天科斯季克问我。

"还没有，你呢？"

"我也没有，脑子里冒出来的都是些乱七八糟的东西。"

"我也是。"

又过了两天。离4月1日只剩一天了——过了明天就到了。可我们的脑袋还是空空的，甚至连最不值一提的玩笑都想不出来。

傍晚科斯季克坐在我家中，想出了一个主意："或者，我们把班级簿藏起来？"

"别胡说，班级簿是文件，不可以拿文件开玩笑。"

"那我们把老鼠带进班里？想象一下，他们会怎样尖叫！"

"你上哪儿捉老鼠？"

"可以去我家的地下室。"

"它会乱咬人，到时候该躺进医院了！科斯季克！我们不是想吓唬他们，而是要捉弄他们。恶作剧不能太严重，要有趣，懂吗？要让大家感到好笑，而不是事后对我们生气。"

科斯季克两手一摊说："哪里有这样的妙招呀？"

我突然想到一个主意，简直是太妙了，让我激动得喘不过气来。我猛地站起来，开始在房间里跑来跑去，因为我坐不住了。

"科斯季克！我知道了！"我喊道，"我知道我们能做什么了。我们就告诉大家不上课了,要打扫教室。嗯……就像义务星期六!大家都不带课本来上课,然后我们就对他们说愚人节快乐!很棒吧?"

但科斯季克并没有像我想象的那样高兴得蹦起来。

他说:"明天是星期五了,难道义务劳动是在星期五吗?而且不会有人相信我们。什么时候为了大扫除取消过课程呢?不行,不会奏效的。"

"会奏效的!你听我说!"

我开始和他讲,我们该怎么做。科斯季克和我争论了几句,最后还是同意了。

第二天,好不容易等到第四节课下课。我们如坐针毡,时不时看着对方笑。我们预感到,会给同学们带来多么愉快的欢笑日!看他们坐在那里,严肃忧愁,还不知道明天我们给他们准备了多么好玩的恶作剧呢！他们会长久记住今年的 4 月 1 日的。

斯维特兰娜·阿列克谢耶夫娜终于和我们道别，走了。我们把书包留在教室，去体育馆上课了。

上课期间我请假去洗手间，却跑到了教室。太好了，门没锁！如果斯维特兰娜·阿列克谢耶夫娜在学校，她一定会把门锁了，那我们的计划就失败了。

我从包里拿出我和科斯季克事先准备好的 A4 纸，用彩色磁铁把它固定到黑板上。纸上写着：

通知！

明天（星期五）不上课，三年级 A 班进行大扫除。

第一节课前到，自己带抹布和洗涤剂。

——校长

我们写这个通知花了两小时，还打电话和妈妈商量怎样写更好。当然，我们没说是干吗用的，也没空给妈妈解释。科斯季克还想把日期写上——"明天是4月1号"等等，但我告诉他，不要提时间，否则会引起怀疑的。

体育课后，大家回教室拿书包，看见了这个通知。猜猜发生了什么！所有人都相信了。有人高兴地喊"乌拉"，也有人说宁愿学习也不要拿着脏兮兮的抹布忙来忙去。我和科斯季克也参与进去，随声附和。所以没人会想到，我们知道内情。

晚上科斯季克打电话给我。

"季姆奇，你要做作业吗？"他问。

"不知道，你呢？"

"让我坐下来好好想想，做还是不做。毕竟班里没人会做。那你还带书包去学校吗？还是和他们一样带抹布？"

我挠了挠后脑勺。我们没怎么想这个。

如果做了功课，还带课本去学校，马上就有人知道，这是我们干的了。如果不这样做，我们怎么证明这是一场恶作剧？我们还想在全班同学面前大喊"愚人节快乐"呢！

我说："我们最好还是不要带书包和作业了吧，像其他人一样，以防万一。"

"就这样吧。"科斯季克高兴地同意了，"那么我就奔赴战场厮杀了。"

星期五终于到了，我和科斯季克早早来到学校，怕错过什么。斯维特兰娜·阿列克谢耶夫娜走进来，全班已经到齐了——自由着装，没带书包，带着抹布、粉剂和各种颜色的塑料瓶，洗涤剂在里面咕噜作响。

她在讲台前停了下来，看了看全班，惊讶得瞪大了双眼。

"发生了什么事？"她问道，"你们这副

打扮是做什么？班长，你来说说。"

"义务星期六。"蒂丽娜报告。

"什么义务星期六？！"

"大扫除，我们要清扫教室，不上课。"

斯维特兰娜·阿列克谢耶夫娜有些不知所措。

"这是谁告诉你们的？"

"校长。"

"校长？！"

"斯维特兰娜·阿列克谢耶夫娜，那是通知！"铁木尔·瓦列耶夫说。

斯维特兰娜·阿列克谢耶夫娜回头看了眼黑板，沉默了很久。

然后她撕下我们的纸便离开了。全班热烈讨论起来。

"老师去找校长打听了。"

"她难道不知道吗？"

"当然不知道，她昨天一早就离开了。"

"也许校长忘记通知她了。"

我和科斯季克对望一眼。不知怎的，我突然不想喊什么"愚人节快乐"了。相反，我担心有人会猜到是谁干的。而且，科斯季克也觉得我们的玩笑不那么有趣。

过了一会儿，斯维特兰娜·阿列克谢耶夫娜回来了。

她说："我不会去查，是谁这么机智地祝大家愚人节快乐。我自己也非常喜欢恶作剧。所以今天我们度过了一个愉快有趣的愚人节。现在我们用三节课的时间，认真仔细地打扫教室。然后在学校吃饭，再回趟家拿课本，接着按照课表上下午的课。晚上你们会有双倍的作业,昨天的加上今天我布置的。

明白了吗？愚人节快乐，三年级 A 班！”

我们把课桌上的墨水污渍擦掉时，听到亚历克·科奇金从牙缝里挤出几句话：“如果让我知道是谁搞的恶作剧，他一定不会有好下场的！哼，看我怎么狠狠揍他！”

我和科斯季克说：“什么都别说，自己在心里骂他就行。”

好吧好吧，侧身走过去，离他远一些，到教室的另一头去。

“这个愚人节，对我来说也是最‘快乐’

的一天。"我们去换桶里的水时，科斯季克埋怨道，"季姆奇，这真是个不成功的主意。"

"没事，下一次再想个更好的。还有整整一年呢。"

无名作家拉姆波奇金

寒假最后一天，我把课本放进书包，找出校服，准备躺下睡觉。

"季马，你真的什么都没忘吗？"妈妈问，"再检查一遍，不然明天早上想起什么，又要着急忙慌地满屋子乱找。"

"不会的，妈妈！什么都没忘。"我回答。突然，我想起了什么，呆住了，枕头也从手上滑落。我想起来了。本应在一周前，甚至在放假的第一天就想起来：要交阅读笔记！我怎么能把这事忘了呀？！

从年初我们就开始写阅读笔记，记录自己读过的书。不过，不是简单列出书名和作者，还要记录主角名字，简略介绍主人公发生的故事。嗯，也不完全是简略的，大约要写一两页纸。斯维特兰娜·阿列克谢耶夫娜一个月检查一次阅读笔记，并在成绩簿上打分。寒假期间她要求我们读一本感兴趣的书，并做阅读笔记。

我焦急地抱住脑袋。晚上十点我去哪里找书读啊？又怎么来得及读完它，再在笔头转述呢？

"季马，你睡了吗？"妈妈朝我房间看了一眼，问道。

"还没呢，我还有点作业没写完，不过很快了！"

"季马！你总是这样！每到睡觉的时候就开始赶工。"

妈妈走开了，我开始在房间里来回踱步。怎么办？明天怎么脱困？怎么跟斯维特兰娜·阿列克谢耶夫娜说呢？

我可不想因为阅读笔记而挨批，就这样开始新的学期！

于是我在书柜里找了一圈。没有，没有一本合适的。读过的那些书阅读笔记里都写过，没读过的那些写不了。我怎么知道，书里讲的是什么？

我去找爸爸。

"爸爸，赶快给我讲一本书吧。"

爸爸推开电脑，惊讶地看着我。

"你想听哪本书？"

"随便一本童书就可以，但要有趣的。"

"季马宝贝，现在不行，我有要紧的工作。再说我也不记得什么儿童读物，那些书是好多年前读的了。"

突然，我灵光一闪，知道该怎么做了！

我跑回房间，拿起笔记本，在书桌前坐下来。

如果我自己编一个故事呢？想到什么我就写什么。要知道斯维特兰娜·阿列克谢耶夫娜和爸爸一样，都是成年人了，也不会记得儿童读物的具体内容了。当然，因为她是老师，也许读过的儿童书籍比爸爸多，但是她总不可能读过世上所有的书吧。如果我转述一本不存在的书，她怎么知道？

于是我在页首写下"历险记"，就陷入了沉思。谁的历险呢？小男孩的，还是小女孩的？或者一只猫的历险故事？我的目光落在墙上挂着的彩色日历上。猴子！对！就写小猴子的历险故事吧，它从动物园里逃出来，在大城市里迷路了。于是我写下标题《活泼小猴历险记》。我往嘴里塞了一颗水果糖，看着糖纸，补上一个单词："巴巴里斯基"，这样我的故事就有了一个完美的名字《活泼小猴巴巴里斯基历险记》。我看着这个名字，内心生出一股莫名的快感，心脏不知为何好像停止了跳动，好像身体里有个小气球爆开了一样。我好想写这只小猴子，构思它的历险故事，并记录下来啊。

我一边构思一边写。妈妈几次往房间里探头，叫我赶快睡觉，但我还在写。这真令人惊讶，我可是一直很讨厌写东西的，现在却怎么都停不下来。我以前不知道，原来被什么东西完全吸引住无法自拔时，会是这样。

我说不出这是一种什么感觉，好像什么东西抓住你不松开一样。

真是不可思议，写作比电脑游戏更好玩。

当我终于躺下睡觉的时候，心脏怦怦地跳动着。那种感觉好像生日前夕，好像除夕夜，你上床时，就知道明天将有奇妙际遇和惊喜礼物在等着你。

但第二天早晨我的心情一落千丈。我重新读了一遍夜间创作的故事，感觉写得很糟糕。而且我在想，就算自己编出了故事，但还需要展示这本书，我去哪里找啊？

课堂上，我像个石头人一样坐着，屏住呼吸，一动不动，生怕引起别人的注意，生怕斯维特兰娜·阿列克谢耶夫娜突然向我提问。同学们一个接一个上台，展示自己的阅读笔记，并且都合格通过了。而我一直坐着，等着下课铃声响起，还有十分钟，七分钟，五分钟……下课前轮得到我吗？轮得到吗？

　　"瓦西里金，该你了！"

　　这句话给了我当头一击，不，是把我击穿了。我从书桌后面站起来，腿都软了，一跛一跛地走向讲台。

　　"你假期读了什么书呢？"

　　"我读了……"我说了这几个字后，都听不见自己的声音了，因为太紧张而失声了。

　　"大声点说，瓦西尔金，书名是什么？"

　　"我读了……"我大声地清了清嗓子。

"什么？"斯维特兰娜·阿列克谢耶夫娜有点不耐烦地问道，"瓦西里金，可以快点说吗？"

"书名叫《活泼小猴巴巴里斯基历险记》。"

"很好，继续。"

突然，下课铃响了！我幸福得差点尖叫出来！

"下课休息吧，"老师说，"下节课是俄语课。"

课间休息时，我、科斯佳和其他男孩你追我赶，翻跟头玩耍。科斯佳很开心——因为他阅读得了4分；我也很开心——因为终于不用再被老师提问。至于其他人，纯粹是因为好玩。

上课铃响了，我们大汗淋漓、头发蓬乱地回到教室。斯维特兰娜·阿列克谢耶夫娜一直等到我们冷静下来，恢复正常，然后说道："瓦西里金，到黑板前来！"

我走上讲台拿起粉笔，以为她是要听写单词，检查语音。

"把粉笔放下，去拿你的阅读笔记来。"斯维特兰娜说。

"为什么？"我慌张地问道。

"没有为什么，你的阅读笔记还没分享完呢。"

"可现在是俄语课，不是阅读课。"

"没关系，我们花几分钟听你讲，我们都特别想听这只小猴子的历险故事，似乎叫巴巴里斯基吧？听名字就很有趣了，对吧，同学们？"

"对呀，对呀！"大家开始喊叫起来，"我们太想听了！给我们讲讲吧，瓦西里金。"

我很生气。他们当然想听故事了。还用说吗？！他们就不用上课，也不用回答问题了，至于在黑板前痛苦的人是谁，他们才不在乎呢。

我拿着阅读笔记，回到黑板前读了起来。所有人都认真地听着，有时还会发笑，特别是读到小猴子在超市偷香蕉时。在我讲到猴子骗过追它的人成功逃跑的时候，大家竟然开始鼓掌。我抬眼看了看同学们，他们是真的很感兴趣，都在认真地听我昨晚编出来的故事，大家很喜欢。这感觉也太棒了！

读完后，斯维特兰娜说："故事太有趣了！你复述得很棒，讲得也非常详细。可是，这本书是谁写的呢？你没说作者是谁呀。"

对！我怎么把作者给忘了呢！如果真的有这本书，那肯定得有作者。我抬眼望着天花板，装作回忆的样子。

"呃，作者是……"

这时我看见天花板上有个灯泡。

"拉姆波奇金[1]，"我说，"是的，书的作者是格里高利·拉姆波奇金。"

我自己都不明白怎么想出格里高利这个名来的，也不知道为什么，就觉得拉姆波奇金的名字一定是格里高利[2]。

"格里高利·拉姆波奇金？"斯维特兰娜很惊讶，"我从来都没听说过这个作家。"

"呃……这个作家刚开始写作，还不出名，"我紧张到后背都出汗了，"还没有人认识他。"

---

[1] 此处"拉姆波奇金"是俄语"灯泡"的同音词。
[2] 俄罗斯人名由名、父称、姓组成，此处格里高利为名，拉姆波奇金为姓。

"啊！是个新手作家！"

"对对对，新手作家，没错！他写得很少，只有一本书。"

斯维特兰娜眼睛里露出一丝笑意。

"明白了，瓦西里，那你没把书带来吗？"

"忘记了。"我假装难过地摊了摊手，"不小心把它忘在家里了。"

"忘在家里？好吧。我现在允许你回家把它带过来，我太想亲眼看到这本绝妙的书了。"

"啊……这……"我的思绪乱飞，心脏怦怦直跳，"我不能……家里没有人，我也没有钥匙。"

"那好吧，"斯维特兰娜说道，"暂时先不打分，等你把书拿来，我会很乐意给你打5分的，请坐，瓦西里金。"

之后我就一直在想：我该怎么办？很明显，我没办法把《活泼小猴巴巴里斯基历险记》这本书拿给老师看。我刚刚为什么要说把书忘在家里？为什么要把自己逼入绝境？现在又该怎么办？难道每天都搪塞说把书落在家里，直到斯维特兰娜忘掉这件事吗？还是去找她主动坦白呢？

下课后，等所有人都离开了教室，我走到斯维特兰娜跟前，低头望着地板问道："老师，我能换一本书来转述吗？"

"瞧瞧！"斯维特兰娜拍了拍手，"我还挺想看看格里高利·拉姆波奇金的书呢。好吧，瓦西里金，就这样吧。周三我们有一节阅读课，课前几分钟你重新分享一下阅读笔记。回去读一本有名的作家写的书，大家熟知的作家，当然也包括我。"

我高兴地说："谢谢！"然后拿起书包就往外跑。这时，斯维特兰娜在门口喊住我，笑着说："转告拉姆波奇金，他是好样的，而且应该继续写作，只是要从小故事写起。比如，写写自己，写写朋友，写写学校，要写自己熟悉的东西。要知道所有著名作家一开始都是拉姆波奇金。"

　　我踩着春天的小水坑跑回家，开心得全身发抖。多棒的主意啊！我一定要试试。要知道我竟然能写从未见过的小猴子的故事，而且大家都很喜欢！关于自己和学习生活我确实知道得更多啊。比如，可以讲讲年初我怎么丢皮包的；或是我和科斯佳是怎么背错普希金诗歌的；又或是我怎么记错时间晚上去上学的……值得回忆的故事难道还少吗？！

　　回家后，我不像往常一样急匆匆地跑去开电脑，而是换好衣服，坐在书桌前，拿出一个空白本子。我又感觉身体里有一个快乐的小气球在膨胀，心脏也甜蜜得像停止了跳动一样。

　　我幸福地吸口气，尽可能漂亮整洁地在

第一页写下：三年级 A 班学生季马·瓦西里金的校园故事。

本书主要人物

德米特里·瓦西里金（全名和姓）	同一人，本书主人公
季马（小名）	
季姆奇（俚语表达）	
斯维特兰娜·阿列克谢耶夫娜（全名和父称）	主人公的俄语老师
奥尔佳·维克多罗夫娜（全名和父称）	主人公的音乐老师
杨娜·伊格列夫娜（全名和父称）	主人公的英语老师
丽莎·科马洛娃（全名和姓）	主人公的女同学
科斯季克·博伊科（小名和姓）	主人公的男同学和好朋友
伊利亚·麦伊斯林（全名和姓）	同一人，主人公的男同学
伊柳哈·麦伊斯林（小名和姓）	
尼基塔·库兹涅佐夫（全名和姓）	主人公的男同学
谢尔盖·瓦西里金（全名和姓）	主人公的男同学
阿琳娜·索特尼科娃（全名和姓）	主人公的女同学
娜塔莎（小名）	主人公妈妈的表妹
铁木尔·瓦列耶夫（全名和姓）	主人公的男同学
克秀莎·茨维塔科娃（小名和姓）	主人公的女同学
亚历克·科奇金（小名和姓）	主人公的男同学
蒂丽娜（名字）	主人公的女同学
拉姆波奇金（姓）	主人公杜撰的作家
米沙叔叔	潜水艇士兵，主人公父母的朋友

Original title: К доске пойдёт... Василькин!

Text ©Victoria Lederman

Cover and illustrations by Olga Gromova ©KompasGuide Publishing House

©KompasGuide Publishing House, 2018

The simplified Chinese translation rights arranged through Rightol Media（本书中文简体版权经由锐拓传媒旗下小锐取得 Email:copyright@rightol.com）

版权合同登记号：图字 11—2022—081

图书在版编目（CIP）数据

瓦西里金，到黑板前面来！/（俄罗斯）维多利亚·莱德曼著；郭利译；（俄罗斯）奥尔加·格罗莫娃绘

. —— 杭州：浙江文艺出版社，2022.5

. ISBN 978-7-5339-6794-9

Ⅰ.①瓦… Ⅱ.①维…②郭…③奥… Ⅲ.①儿童故事—作品集—俄罗斯—现代 Ⅳ.① I512.85

中国版本图书馆 CIP 数据核字（2022）第 045516 号

瓦西里金，到黑板前面来！

[俄罗斯] 维多利亚·莱德曼　著
郭　利　译
[俄罗斯] 奥尔加·格罗莫娃　绘

责任编辑　金荣良
营销编辑　汪心怡
封面设计　徐然然

出版发行　浙江文艺出版社
地　　址　杭州市体育场路 347 号
邮　　编　310006
电　　话　0571-85176953（总编办）
　　　　　　0571-85152727（市场部）
制　　版　杭州立飞图文制作有限公司
印　　刷　浙江全能工艺美术印刷有限公司
开　　本　880 毫米 × 1230 毫米　1/32
字　　数　47 千字
印　　张　4.75
印　　数　1—10,000
版　　次　2022 年 5 月第 1 版
印　　次　2022 年 5 月第 1 次印刷
书　　号　ISBN 978-7-5339-6794-9
定　　价　28.00 元